Ernest Chausson

Jeanne d'Arc

Antigonos

Ernest Chausson

Jeanne d'Arc

Unveränderter Nachdruck der Originalausgabe von 1880.

1. Auflage 2024 | ISBN: 978-3-38690-006-5

Antigonos Verlag ist ein Imprint der Outlook Verlagsgesellschaft mbH.

Verlag: Outlook Verlag GmbH, Zeilweg 44, 60439 Frankfurt, Deutschland
Vertretungsberechtigt: E. Roepke, Zeilweg 44, 60439 Frankfurt, Deutschland
Druck: Libri Plureos GmbH, Friedensallee 273, 22763 Hamburg, Deutschland

JEANNE D'ARC

Paroles de ★ ★ ★

ERNEST CHAUSSON
Op. 2

I
PRÉLUDE

(Janvier 1880)

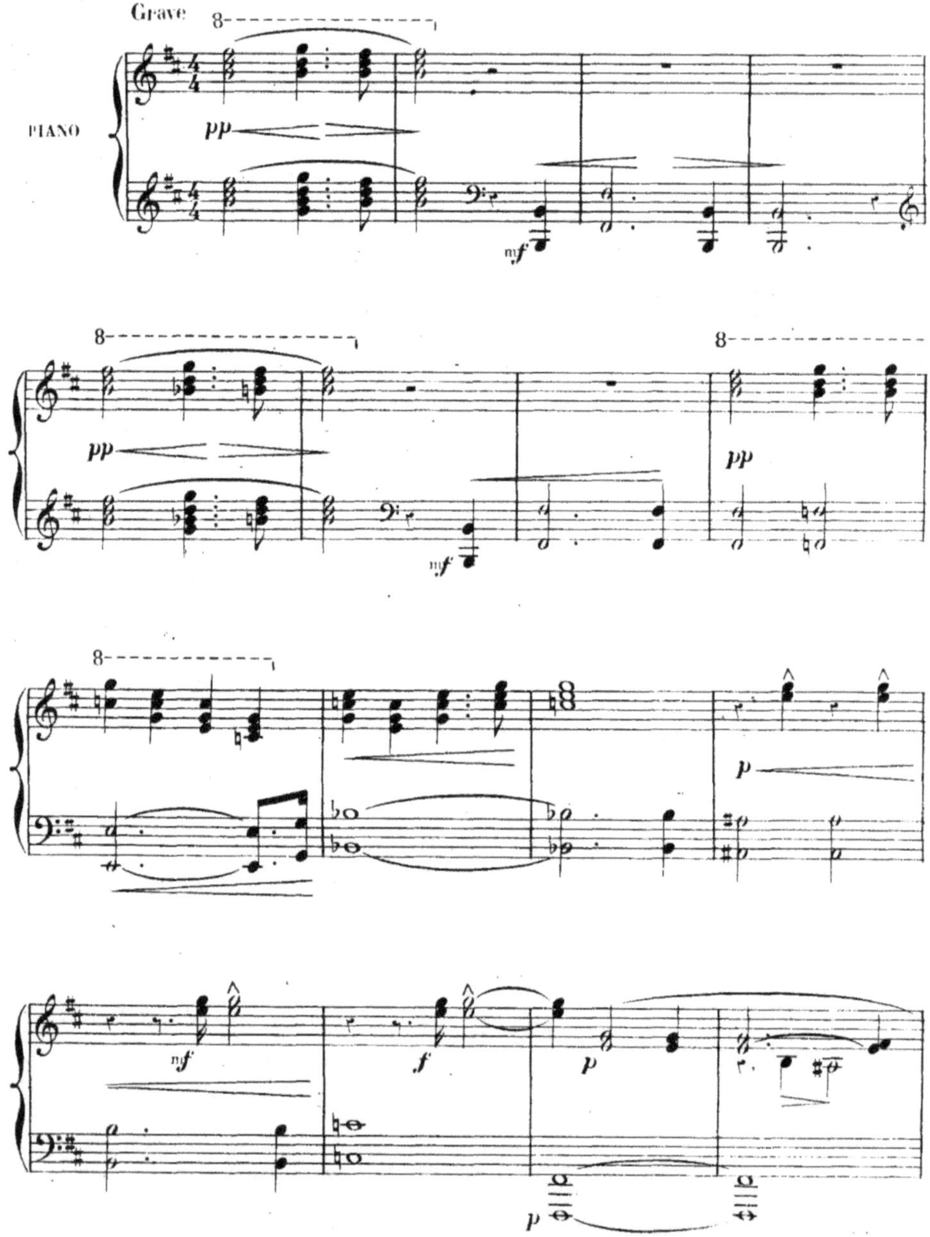

Grave

PIANO

mf
dolce
poco più f
p
ere — seen — do
mf   En pressant   peu   a   peu
6
ere — seen —
f
string.

do molto
ff stringendo
ff con moto
col 8
sempre ff
cre - scen - do
8
ff
poco a poco ritardando
dimin.
p diminuendo
8
Tempo 1°
p p
pp
pp
8

II

CONTRALTO SOLO
PIANO
Grave
p
Grave
p
Hé _ las! il est donc vrai, par Charle a _ bandon _
animez un peu
f
rit.
_né _ e, Jeanne D'Arc, à la mort vient d'être condam _
animez un peu
rit.
fp
8
à tempo
_né _ e.
CHŒUR
Soprani
pp
Plus d'espoir!
Contralti
pp
A la mort!
a tempo
p
pp
fp
8

mf
rit.
Ma compa _ gne! ma sœur!
mf
rit.
Ma compa _ gne! ma sœur!
ri _ te _ nu _ to
a tempo
p M-SOP. SOLO
O mon pa _ ys, quel soin prends-tu donc de ta gloi _ re?
a tempo
p
SOP. SOLO
p
mf
Pa _ trie in _ gra _ te, Hé _
mf
_ las! C'est pour toi qu'el _ le meurt!
f

M-SOP. SOLO
Quelle eau pourra la _ ver u _ ne ta _ che si
SOP. SOLO
Sei _ gneur, Sei _ gneur, lais _ se _ rez - vous
noi _ re?
l'innocen _ ce pé _ rir? Elle aurait méri _ té
Elle aurait méri _ té

de ne ja_mais mourir.
O for_
de ne ja_mais mourir.
O for_
_fait e_xé_crable! Sort i_nex_o_ra_ble!
_fait e_xé_crable! Sort i_nex_o_ra_ble!
Plus vite
Lais_serez-vous, Sei_gneur, ce for_fait s'accom_
Lais_serez-vous, Sei_gneur, ce for_fait s'accom_
Lais_serez-vous, Sei_gneur, ce for_fait s'accom_plir?
Plus vite
CHŒUR
col 8ª

_plir? Lais_se_rez_vous, Sei_gneur, ce for_
_plir? Lais_se_rez_vous, Sei_gneur, ce for_
Lais_se_rez_vous, Sei_gneur, ce for_fait s'accom_
_fait s'accom_plir? Laisse_rez-vous, Sei_gneur,_
_fait s'accom_plir? Laisse_rez-vous, Sei_gneur,_
_plir? Laisse_rez-vous, Sei_gneur,
poco rit. a tempo
ce forfait s'ac_com_plir?
ce forfait s'ac_com_plir?
ce forfait s'ac_com_plir?
a tempo
poco rit.
marcato

mf CONTR. SOLO
Pour déli_vrer son peu _ ple, et chas_ser l'é _ tran_
_ger, _______ Hum _ _ble fille as_sidue aux tra_
_vaux du vil_la _ _ge, Elle o_sa des com_
_bats af _ fron _ ter le dan _ ger Et pa_
scen _ _ _ _ do
col 8ª

ere _ _ scen _ do rit.
Allo. assai
_rut comme un ange au mi _ lieu du car _ na _ ge.
rit.
Allo. assai
ere _ _ scen _ do
f
M-SOP. SOLO
f
Son bras é _ tait ar _ mé d'un
é _ ten _ dard bé _ nit.
ff
SOP. SOLO
Et le souffle de Dieu ra _ nimait son cou_

CHŒUR
_ ra _ ge.
ff
Lais _ se _ rez vous,
ff
Lais _ se rez – vous,
ff
Lais _
sempre f ri _ te _ un _ _ to
Sei _ gneur, ce for _ fait s'ac _ com _ plir?
sempre f
Sei _ gneur, ce for _ fait s'ac _ com _ plir?
_ se _ rez-vous, Sei _ gneur, ce for _ fait s'ac _ com _ plir?
ff
ri _ te _ un _ to
Tempo 1º.

p CONT. SOLO
mf
O pro_dige inou_ï! la co_lombe a vu
fuir le fau_con de_vant el_le,
Et l'oi_seau ra_vis_seur
qui me_na_çait son nid
f
col 8

ren _ tre, vain _ cu, dans l'ai _ re ma _ ter _ nel _ le.
C'est le bras d'une en _ fant qui dé _ li _ vra la Fran _ ce
C'est le bras d'une en _ fant qui dé _ li _ vra la Fran _ ce
C'est le bras d'une en _ fant qui dé _ li _ vra la Fran _ ce
Et chas _ sa pour jamais ses lâ _ ches op _ pres _
Et chas _ sa pour jamais ses lâ _ ches op _ pres _
Et chas _ sa pour jamais ses lâ _ ches op _ pres _

14
_seurs. Elle a su par sa voix fai _ re sé _
_seurs. Elle a su _ par sa voix fai _ re sé _
_seurs. Elle a su par sa voix _ fai _ re sé _
mf
_cher nos pleurs, _ Et des cœurs a _ bat _
_cher _ nos pleurs, _ Et des cœurs a _ bat _ tus ra _ ni _
_cher nos pleurs, Et des cœurs a _ bat _ tus ra _ ni _ mer
_tus ra _ ni _ mer _ l'es _ pé _ ran _ ce.
_mer ra _ ni _ mer l'es _ pé _ ran _ ce.
ra _ ni _ mer l'es _ pé _ _ ran _ ce.

C'est la main d'une en _ fant _____ qui dé _ li _ vra la Fran _ ce
C'est la main d'une en _ fant _____ qui dé _ li _ vra la Fran _ ce
C'est la main d'une en _ fant _____ qui dé _ li _ vra la Fran _ ce
Et chas _ sa pour jamais ses lâ _ ches op _ pres _
Et chas _ sa pour jamais ses lâ _ ches op _ pres _
Et _____ chas _ sa pour jamais ses lâ _ ches op _ pres _
_ seurs; Elle a su par sa voix _____
_ seurs; Elle a su par sa voix _____ fai _
_ seurs; Elle a su par sa voix

fai _ re sé _ cher nos pleurs, ___ Et des cœurs a _ bat _
_ re sé _ cher nos pleurs, ___ Et des cœurs a _ bat _
fai _ re sé _ cher nos pleurs, ___ Et des cœurs a _ bat _ tus,
CONT. SOLO
Hé _
_ tus ra _ ni _ mer l'es _ pé _ ran _ ce.
_ tus ra _ ni _ mer l'es _ pé _ ran _ ce.
et des cœurs a _ bat _ tus ra _ ni _ mer l'espé _ ran _ ce.

mf
Allo assai
_las! et cepen_dant Jeanne D'Arc va pé _ rir!
ff
O for_
ff
O for_
ff
O for_
Allegro
mf
8--------
_fait e _ xé _ cra _ ble! O sort i_nex_o _ ra_ble!
_fait e _ xé _ cra _ ble! O sort i_nex_o _ ra _ble!
fait e xé _ cra_ble! O sort i_nex_o _ ra_ble!
ff
8---------
8---------

Lais _ se _ rez-vous, Sei _ gneur, ce for _ fait s'ac _ com _
Lais _ se _ rez-vous, Sei _ gneur, ce for _ fait s'ac _ com _
Lais _ se _ rez-vous, Sei _ gneur, ce for _ fait s'ac _ com _
En pressant
cre _ _ scen _ _ do
_ plir? Lais_se_rez-vous, Sei _ gneur, ce for _ fait, ce for _
_ plir? Lais_se_rez-vous, Sei _ gneur, ce for _ fait, ce for _
_ plir? Lais_se_rez-vous, Sei _ gneur, ce for _ fait, ce for _
En pressant

fait s'ac _ com _ plir? Ah!
fait s'ac _ com _ plir? Ah!
fait s'ac _ com _ plir? Ah!
ritenuto
Ma compa _ gne! ma sœur!
Ma compa _ gne! ma sœur!
Ma compa _ gne! ma sœur!
diminuendo

Tempo 1º
SOLI
O mon pa _ ys, quel soin prends-tu
O mon pa _ ys, quel soin prends-tu
O mon pa _ ys, quel soin quel soin prends
rit.
donc de ta gloi _ re?
donc _ de ta gloi _ re?
- tu de ta gloi _ re?
CHOEUR
O mon pa _ ys quel soin prends-tu
O mon pa _ ys quel soin prends-tu
O mon pa _ ys quel soin prends-tu

O mon pa _
O mon pa _
O mon pa _
donc _ de ta gloi _ re?
donc de ta gloi _ re?
donc _ de ta gloi _ re?
_ys, quel soin prends _ tu donc de ta gloi _ re?
_ys, hé _ las! quel soin prends _ tu donc de ta gloi _ re?
_ys, quel soin prends _ tu de ta gloi _ re?

SOP. SOLO
O mon pa _ ys, quel soin prends-tu donc de ta gloi _ re?
O mon pa _ ys, quel soin prends-tu donc de ta gloi _ re?
quel soin prends _ tu de ta gloi _ re?
mon pa_ys, c'est pour toi qu'elle meurt!
M- SOP. SOLO
O mon pa _ ys, c'est pour toi qu'elle meurt!
CONT. SOLO
O mon pa_ys, c'est pour toi qu'elle meurt!
C'est pour

toi qu'el_le meurt, Hé _ las! hé _
O mon pa _ ys, hé _ las!
O mon pa _ ys, hé _ las!
Hé _ las!
C'est pour toi, c'est pour toi,
C'est pour toi, c'est pour toi,
_ las! C'est pour toi qu'elle meurt!. Hé _ las!. hé _
C'est pour toi qu'el _ le meurt! Hé _ las! hé _
C'est pour toi qu'el _ le meurt! Hé _ las! hé _

c'est pour toi qu'el _ le meurt..
c'est pour toi _ qu'el _ le meurt.
c'est pour toi qu'el _ le meurt.
_ las! c'est pour toi _ qu'el _ le meurt.
_ las! c'est pour toi qu'el _ le meurt.
_ las! c'est pour toi qu'el _ le meurt.

III

SOPRANO SOLO
PIANO
Très calme
p
Le so _ leil s'est le _ vé sur la ver _ te col _
_ li _ ne.
comme
La
un récitatif
rit.
bri _ se ma _ ti _ nale a _ gi _ te les ra _ meaux.
rit.
a tempo
Et dans l'a _ zur profond qu'un jour pur il _ lu _ mi _ ne,
a tempo

26
glis _ sent, joy _ eux, _____ de blancs rameaux.
1.mi et 2.dis Soprani
pp
Hé _ las! _____
pp
p
Lè _ ve _ toi, jeu _ ne fil _ le,
et conduis dans la plai _ ne, Sous les frais peupli _
_ers, ton trou _ peau bon _ dis _ sant; de tes jeunes a _
mf

_gneaux la_ve la blan_che lai _ ne Au ruisseau
frais et_ murmu _ rant
p
pp
p
Vierge aux cheveux do _
pp
Hé _ las!
_rés, c'est l'heu _ re du can _ ti _ que, C'est
pp
C'est l'heu _ re du bû _

l'heu _ re de _ cueil _ lir le bou _ quet ma _ ti _
_cher! c'est l'heu _ re du mar _ ty
_nal, Et _ de s'a _ ge _ nouil _ ler
_re Hé _ las!
de _ vant l'au _ tel rus _ ti _ que, Où fleu _
Ah! Ah! c'est
p

_rit le lys vir _ gi _ nal.
1ma Sop.
l'heu _ re du bû _ cher!
2di Sop.
l'heu _ re du bû _ cher!
Contr.
C'est
Plus lent
Adieu
A _
l'heu _ re du _ bûcher, c'est l'heu _ re du marty _ re! A _
Plus lent

IV

Adagio
1.mi Soprani
2.di Soprani
Contralti
CHŒUR
PIANO
champs qu'elle ai _ mait, trou _ peau ché _
_ dieu, champs qu'elle ai _ mait, trou _ peau ché _
_ dieu, a _ dieu, champs qu'elle ai _ mait,
_ ri, ciel pur, A _ dieu, Jeanne n'est plus, Jeanne
_ ri, ciel pur, A _ dieu, Jeanne n'est plus, Jeanne
troupeau chéri, ciel pur, A _ dieu, adieu, Jeanne n'est plus,

à cette heure ex - pi - re!
à cette heure ex - pi - re!
Jeanne à cette heure ex - pi - re!
E - pi nais - sant pour la faux dé - jà
E - pi nais - sant pour la faux dé - jà
E - pi nais - sant pour la faux dé - jà

mur!
A _ dieu pa_ys na_tal
mur!
A _ dieu pa_ys na_tal de
mur!
A_dieu pa_ys_ na_tal de la
de ___ la vier _ ge lor _ rai _ ne,
la ___ vier _ ge lor _ rai _ ne,
vier _ ge lor _ rai _ ne,

Toit de chaume do_ré,_____ mai_son de ses aï_eux!
Toit de chaume do_ré,_____ mai_son de ses aï_eux!
Toit de chaumé do_ré,_____ mai_son de ses aï_eux!
Ses bras saignent, meurtris
Ses bras saignent, meurtris
Ses bras saignent, meurtris

par u_ne lour_de chaî_ne.   La
par u_ne lour_de chaî_ne.   La
par u_ne lour_de chaî_ne.   La
mf
p
cresc. molto
flam_me du bûcher s'é_lan_ce jusqu'aux cieux.
flam_me du bûcher s'é_lan_ce jusqu'aux cieux.
flam_me du bûcher s'é_lan_ce jusqu'aux cieux.
ff
Un peu plus vite

Allegro
ff
Col 8ª bass.
CONTR. SOLO
Con moto
dimin.
f
ritard.
Con moto
mf
Ah!   si ta
cendre,   enfant, pou _ vait tou _ te l'an _ né _ e, Pai
_ si _ ble _ ment dor _ mir   sous nô _ tre vieil or _

_meau,
Cha_que printemps ver _ rait ta
cre _ _ scen _ _ do
tom _ be cou _ ron _ né _ e De_____ feuil _ les et de
cre _ _ scen _ _ do
fleurs.
librement comme un récitatif
Mais, fille infor_tu _ né _ e, nul _ le
part i _ ci bas tu n'au _ ras de tom _ beau.
mf
p
p
ritard.
p
p
p
mf
p

p Adagio
Mais, fille infor_tu_né_e, nul_le part i_ci bas,______
p
Mais, fille infor_tu_né_e, nul_le part i_ci bas,______
p
Mais, fille infor_tu_né_e, nul_le part i_ci bas,______
Adagio
p
pp
pp
tu n'au_ras de tom_beau.
tu n'au_ras de tom_beau.
tu n'auras de tom_beau.
mf
pp

SOPRANO SOLO
CONTRALTO SOLO
PIANO
Librement
f en pressant
Sa tombe est dans l'his_
p
Sa tombe est dans nos cœurs.
Librement
p en pressant
Animé
f
_toi_re,
On re_di_ra tou_
Animé
f
mf
_jours son mal_heur et sa

gloi _ re.
Ah! son tré _
_pas fut grand et son sort se _ ra
beau.
sempre ff
Je vois dans l'a _ ve _
_nir, au plus loin _ tain des

â - ges, l'hé - ro - ïne en tous
lieux mois _ son _ ner des hom -
- ma - ges, L'immor - telle et le
lys fleu - ris - sent ses i -

_ ma _ ges, Et de gloire à ja _
ere
_ mais res _ plen _ di _ ra son
scen do
front.
1mi Sop.
f
Je vois dans l'a _ ve _
2di Sop.
f
Je vois dans l'a _ ve _
Contr.
f
Je vois dans l'a _ ve _
ff
f

_nir, au plus loin _tain des â _ ges, L'héro _
_nir, au plus loin _tain des â _ ges, L'héro _
_nir, au plus loin _tain des â _ ges, L'héro _
_ïne en tous lieux moisson _ner ___ des hom _
_ïne en tous lieux mois _ son _ ner des hom _
_ïne ___ en tous lieux ___ mois _ son _ ner ___ des hom _
_ma _ ges; La Fran _ ce toute en _ tiè _ re
mf
_ma _ ges; La Fran _ ce toute en _ tiè _ re ex _
mf
_ma _ ges; La Fran _ ce toute en _ tiè _ re ex _
mf

ex _ al _ te _ ra son nom; L'immor _ tel _ le, l'immor _
al _ te _ ra son nom; L'immor _ telle _ et le
al _ te _ ra son nom; L'immor _ tel _ le, l'immor _
telle _ et le lys fleuri _ ront _ ses i _
lys fleu _ ri _ ront ses i _ ma _ _ _
telle _ et le lys fleuri _ ront _ ses i _
_ ma _ _ ges, Et de gloire a jamais
_ ges, _ Et de gloi _ re
_ ma _ _ ges, Et de gloi _ re

poco ritard.
resplendi_ra son front, Et de gloire à ja_
res _ plendi_ra son front,
res _ plendi_ra son front,
res _ plendi_ra son front,
riten.
_mais res _ plendi_ra son front.
Et de gloire à ja_mais resplendi_ra son front.
resplendi_ra son front. Jeanne
d'Arc, la pa _ trie, à l'heu _ re des ba _

p
Le _ ve _ ra ses re _ gards vers les
_ tail _ les,
mf
Et tu se _
cieux pour pri _ er,

cresc. molto
_ras   là-haut,   sur   ton fier   des_tri_er,   por_
mf < f
Et tu se_ras   là-haut, sur ton fier, des_trier, por_
mf < f
Et tu se_ras là-haut, portant   comme au_tre_
crescendo
ritenuto
_tant   comme au_tre_   fois   ton ar_mu_   re   de
_tant   comme au_tre_   fois   ton ar_mu_   re   de
_fois, comme au_tre_   fois   ton ar_mu_   re   de
rit.

a tempo
mail - les. On ver_ra ton é-
mail - les. On ver_ra ton é-
mail - les. On ver_ra ton é-
ff a tempo
-pée é _ tin _ ce _ ler au
-pée é _ tin _ ce _ ler au
-pée é _ tin _ ce _ ler au
ciel En signe de tri _ om _ phe,
ciel En signe de tri _ om _ phe,
ciel En signe de tri _ om _ phe,

ou du _ moins d'es _ pé _ ran _ ce,
ou du _ moins d'es _ pé _ ran _ ce,
ou du _ moins d'es _ pé _ ran _ ce,
Et tu se _ ras notre hon _
Et tu se _ ras
Et tu se _ ras
_ neur im _ mor _ tel,
notre honneur im _ mor _ tel,
notre honneur im _ mor _ tel,

Pau _ vre fil _ le des champs qui mou _
Pau _ vre fil _ le des champs qui mou _
Pau _ vre fil _ le des champs qui mou _
Col 8ª bass.
_ rus pour la Fran _ ce,
_ rus pour la Fran _ ce,
_ rus pour la Fran _ ce,
Et tu se _ ras nôtre hon _
Et tu se _ ras nôtre hon _
Et tu se _ ras nôtre hon _

_neur im _ _ mor _
_neur im _ _ mor
_neur im _ _ mor _
_tel! Jean _ ne d'Arc!.
_tel! Jean _ ne d'Arc!
_tel! Jean _ ne d'Arc!
tu se _ ras notre hon _ neur
tu se _ ras notre hon _ neur
tu se _ ras notre hon _ neur

rit.
ff
a tempo
im _ mor _ tel
rit.
ff
im _ mor _ tel
rit.
ff
im _ mor _ tel
rit.
a tempo
sempre f
di _ mi _ nuen _ do
ri _ te _ nuto
pp
Adagio
f